Yoruga la Tortuga y otros cuentos

Yoruga la Tortuga y otros cuentos

por Dr. Seuss

Traducido por Yanitzia Canetti

LECTORUM

YORUGA LA TORTUGA Y OTROS CUENTOS

Spanish-language translation copyright © 2008 Dr. Seuss Enterprises, L.P.
Originally published in English under the title YERTLE THE TURTLE AND OTHER STORIES ™
& © 1950, 1951, 1958, renewed 1977, 1979, 1986 by Dr. Seuss Enterprises, L.P.

For information regarding permission, write to Lectorum Publications, Inc., 557 Broadway, New York, NY 10012.

ISBN: 978-1-933032-41-2
Printed in Singapore
10 9 8 7 6 5 4 3 2 1

Library of Congress Cataloging-in-Publication Data

Seuss, Dr.
[Yertle the Turtle and other stories. Spanish.]
Yoruga la tortuga y otros cuentos / por Dr. Seuss ; traducido por Yanitzia Canetti.
p. cm.
ISBN 978-1-933032-41-2 (hardback)
1. Children's stories, American--Translations into Spanish. [1. Stories in rhyme. 2. Pride
and vanity--Fiction. 3. Short stories. 4. Spanish language materials.] I. Canetti, Yanitzia,
1967- II. Title.
PZ73.S479 2008
[E]--dc22
                                                                    2008004153

Este libro es para
los Bartlett, de Norwich, Vermont
y para
los Sagmaster, de Cincinnati, Ohio

En la lejana isla de Tiqui-Tiqui-Tanque,
Yoruga, la tortuga, era el rey del estanque.
Un estanque apacible, muy limpio y transparente.
Había mucha comida y el agua era caliente.
Las tortugas tenían todo lo que querían.
Vivían muy felices, en paz y en armonía.

Fue así… hasta que Yoruga, el rey de aquel lugar,
decidió que su reino se debía agrandar.

—Soy el jefe —se dijo—, de cuanto veo aquí.
Mas no es *suficiente*. ¡Qué problema para mí!
Esta piedra es mi trono. Desde aquí veo mi estanque,
mas no veo más allá de Tiqui-Tiqui-Tanque.
Este trono que tengo es muy, pero muy pequeño.
¡Debiera ser *más alto*! —dijo frunciendo el ceño—.
Si me siento en lo alto, ¡ah, qué grande sería!
En rey de cuanto viera yo me convertiría.

Así fue que Yoruga, el rey de las tortugas, su mano levantó.

Fue entonces que Yoruga, el rey de las tortugas, una orden dictó.

Mandó a nueve tortugas a acercarse nadando.

Con ellas hizo el trono que estaba deseando.

Y treparon a los caparazones una tras una

y formaron las nueve una alta columna.

Yoruga se trepó y se sentó en esa espléndida silla.

¡Qué grandioso paisaje! Veía más de una milla.

—¡Todo mío! —exclamó—. ¡Cuánto mi reino abarca!
Soy el rey de una mula. ¡Soy el rey de una vaca!
¡Soy el rey de una casa! Y de lo que hay más allá.
Soy el rey de un arbusto, de un gato y mucho más.
Soy Yoruga, la tortuga. ¡Oh, qué estupendo soy!
¡Por eso soy el jefe de cuanto veo hoy!

Durante la mañana, desde arriba observó,
repitiendo mil veces: —¡Oh, qué gran rey soy yo!
No fue hasta el mediodía que escuchó un suspirito.
—¿Qué pasa? —preguntó inclinándose un poquito.
Y allí vio, en lo más bajo, a la tortuga Nono.
Y esta simple tortuga, que era parte del trono,
miró hacia arriba y dijo: —Perdone, Vuestra Alteza,
me duelen las rodillas, la espalda y la cabeza.
¿Cuánto hay que estar aquí? Majestad, que esto pesa.

—¡SILENCIO! —enfurecido el rey vociferó—.
Nono, aquí quien manda soy yo.

—Quédate ahí, en tu puesto, mientras yo mando más.
¡Soy el rey de una vaca! ¡Y de un burro además!
¡Soy el rey de una casa! ¡De un arbusto! ¡De un gato!
Y aquí no acaba todo, ¡será *más* mi mandato!
¡Que sea *más alto* el trono! —retumbó su voz de trueno—.
¡Suban pues más tortugas! ¡Doscientas por lo menos!

—¡Más tortugas! ¡Muchas más! —rugía y vociferaba.

Y todas las tortuguitas acudían asustadas.

Temblaban, se estremecían, pero iban, obedientes.

Desde todo el estanque llegaban de veinte en veinte.

Familias enteras de tortugas, con toditos sus parientes.

La cabeza del pobre Nono usaban como escalón.

Una tras otra subían hasta escalar el montón.

Yoruga, la tortuga, a la cima llegó.

Desde el trono en el cielo, ¡cuarenta millas vio!

—¡Hurra! —dijo Yoruga—. ¡Soy el rey del pinar!

¡Soy el rey de las aves! ¡Soy el rey de un panal!

¡El rey de las mariposas! ¡Y también el rey del viento!

¡Vaya! ¡Esto sí que es un trono! ¡Qué fantástico asiento!

Soy Yoruga, la tortuga, ¡oh, qué estupendo soy!

¡Porque yo soy el jefe de cuanto veo hoy!

Entonces por debajo de aquel enorme trono
un quejido salió de la tortuga Nono.
—Majestad, por favor… no quiero molestar,
pero aquí abajo se siente un tremendo malestar.
Yo sé que allá en lo alto el paisaje es fabuloso,
pero estar así, aquí abajo, es realmente bochornoso.
¡Los caparazones rotos! ¡Y en las patas, qué calambre!
Para colmo —gruñó Nono—, ¡ya tenemos mucha hambre!

—Y ya, *¡¿por qué no te callas?!* —exclamó el rey iracundo.
Mira que soy la tortuga más importante del mundo.

¡Yo reino sobre las nubes! ¡Sobre la tierra y el mar!
¡No hay nada, fíjate, NADA que me pueda superar!

Pero mientras él gritaba, se llevó una gran sorpresa:
salió la luna y brilló encima de su cabeza.

—¿Qué es ESA cosa? —gruñó—. ¿Qué ES eso? —resopló—.

¿Qué es ESO que se atreve a estar más alto que yo?

¡No lo puedo permitir! ¡Aún más me elevaré!

¡Será mi trono el más alto! ¡Enseguida una orden daré!

Convocaré más tortugas. ¡Llegaré hasta el infinito!

¡Cinco mil seiscientas siete son las que yo necesito!

Pero cuando Yoruga, el rey de las tortugas,
su mano levantó
y a regir y a dictar órdenes comenzó,
aquella tortuguita que estaba bajo el trono
aquella tortuguita cuyo nombre era Nono
pensó que ya era el colmo. Y lo era, claro está.
Y aquella tortuguita se enojó de verdad.
Hizo algo muy sencillo. ¡Simplemente *eructó!*
¡Y al eructar, el trono tembló y se tambaleó!

Y Yoruga, la tortuga, el rey del pinar,
y de todas las aves, del viento y del panal,
y de la casa, la vaca, del burro y de la ley…
¡Pues este fue el final de aquel famoso rey!

Yoruga, el gran rey de Tiqui-Tiqui-Tanque,
cayó *¡plaf!* de cabeza derechito al estanque.

Y hoy el gran rey Yoruga, famoso Mandamás
es el Gran Rey del Lodo, pues no ve nada más.
Y todas las tortugas viven ya libremente.
Así es como debemos vivir todos realmente.

Érase una avecilla llamada Gertrudis Paz
con la cola más pequeña que se haya visto jamás.
Todo lo que ella tenía era una humilde plumilla.
Por eso estaba muy triste aquella pobre avecilla.

Pero había otra avecilla que Gertrudis conocía.

Ésta era un ave muy fina llamada Lolita-Lía.

Y en vez de UNA sola pluma, ¡DOS plumas tenía!

¡Ay, pobrecita Gertrudis! Cuando al cielo miraba,

la tal Lolita-Lía muy presumida pasaba.

Y Gertrudis muy celosa hacía pucheritos.

Y un día en que estaba furiosa comenzó a pegar gritos:

—Yo tengo sólo UNA pluma. No es justo; DOS tiene ella.

¡Yo quiero tener la cola con plumas igual de bellas!

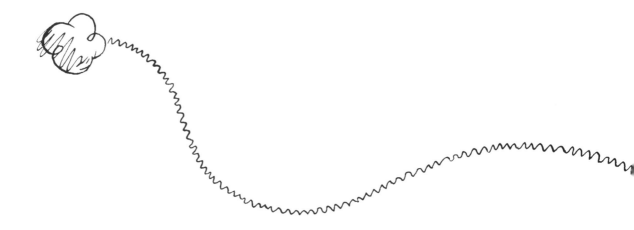

Y voló a ver a su tío, un doctor llamado Dago
cuyo consultorio estaba en un árbol junto al lago.
Preguntó: —¿Habrá una pastilla o algo que se parezca
que logre, Tío Doctor, que mi pobre cola crezca?
—¡Pero en qué cabeza cabe! ¡Qué absurdo! —dijo el doctor—.
Para un ave como tú esa cola es la mejor.

A ella le dio una perreta. Armó un berrinche tremendo,
hasta que su tío, el doctor, la terminó complaciendo.
Y le dijo dónde hallar esa rara medicina:
en un árbol de fresín en lo alto de la colina.
—¡Ay, gracias! —dijo Gertrudis. Y voló con alegría
derechito a la colina donde el arbusto crecía.

¡Sí! ¡Allí había un arbusto! Y en cuanto ella lo vio
arrancó una fresina y veloz la masticó.
¡Qué sabor tan espantoso! Pensó que iba a vomitar.
Pero quería aquella cola y tragó sin rechistar.
¡Y notó que algo pasaba! Sintió un pequeño temblor,
como si alguien la prendiera igual que un interruptor.
Gertrudis miró hacia atrás. ¡Y era cierto! ¡Qué alegría!
¡Ahora tenía *dos plumas*! ¡Igual que Lolita-Lía!

Luego ella tuvo una idea: *"¡Quiero algo más todavía!*
¡Tendré más plumas aún! ¡Mejor que Lolita-Lía!"

El remedio para plumas resultó una maravilla.
Así es que tomó otra más de las mágicas pastillas.

Y sintió un nuevo temblor. ¡Y gritó más esta vez!
—¡Lolita tiene DOS plumas! ¡Mas yo tengo ahora TRES!
Cuando ella vea mi plumaje, va a ponerse muy celosa.
No podrá creer que tengo unas plumas tan hermosas.
Yo le voy a demostrar quién es mejor que ella.
¡Haré que mi cola luzca incluso mucho más bella!

Así agarró más fresinas de las que había en el arbusto
¡cuatro, cinco, seis y siete, agarraba hasta por gusto!
No paraba de comer la joven Gertrudis Paz.
Se comió tres docenas… y no dejó nada más.

Comenzaron a salir las plumas: *¡pim, pum, fuera!*
Brotaban como las flores que nacen en primavera.
¡Era digno de una reina! ¡Cuán bello de contemplar!
¡Como dulces y diamantes que no paran de brillar!
¡Como seda, como encaje, como espagueti y satín!
¡Cual cohetes que estallaban por dondequiera y sin fin!
Ondeaban en la brisa y flotaban muy airosas,
algunas eran muy largas y como ramas frondosas.
¡Y continuaban creciendo! No paraban de crecer.
Por fin se detuvo todo, bien tarde, al anochecer.

—Y AHORA —rió Gertrudis— a mi próxima tarea:
¡Ir donde Lolita-Lía y lograr que me vea!
Y cuando ella vea *esto*, ¡se llevará una sorpresa!
¡Soltará un alarido y quedará patitiesa!

Entonces desplegó sus alas para elevarlas del suelo.
Pero con noventa libras, ¡no podía levantar vuelo!
Ella tiraba y jalaba y graznaba sin parar…
¡Mas no podía volar, ni correr, ni caminar!

Durante toda la noche, se quedó allí pegada.
Y hasta hoy hubiera estado Gertrudis Paz atascada,
de no ser porque Tío Dago al escucharla graznar
fue en busca de más ayuda para poderla salvar.

Elevar a Gertrudis, causó varias averías.

Y llevarla de regreso, tomó casi siete días.

Luego tomó otra semana y un poco más todavía

para arrancarle las plumas. ¡Ay, ay, ay, cuánto dolía!

Y cuando la desplumaron y acabaron finalmente,
en su cola se quedó una pluma solamente.
Esa pequeña plumita que tuvo en una ocasión
para ella es suficiente, pues ya aprendió la lección.

Se sentía muy importante aquel día el conejito,
descansando en la colina bajo el sol calentito.
Se sentía TAN importante y su arrogancia era tal,
que comenzó a presumir, como cualquier animal.
Con su pecho bien inflado, se jactaba a viva voz:
—¡Yo soy el mejor del mundo y como yo no hay dos!
Ni en la tierra, ni en el cielo, ni en lo más hondo del mar,
ha nacido un animal que me pueda superar.

—¿Qué es eso? —dijo una voz con un terrible gruñido—.
¿Por qué dices algo así, ridículo y sin sentido?
El conejo miró abajo y vio un oso colosal.
—Yo soy mejor —dijo el oso—. ¡Soy el mejor animal!

—¡No lo eres! —dijo el conejo—. ¡Yo soy mejor que tú!

—¡Fu! —resopló el oso—. ¡Y otra vez digo FU!

Puede que lo grites mucho, don Conejo. Puede ser.

¿Pero puedes demostrarlo? **¿Acaso PUEDES, a ver?**

"Mmmm…", el conejo pensó.

"¿Y ahora qué PUEDO hacer yo?"

Entonces pensó y pensó. Luego añadió con certeza:

—¿Ves estas dos cosas que salen de mi cabeza?

Son orejas muy agudas y de gran categoría.

¡No hay orejas en el mundo que escuchen más que las mías!

—¡Bah! —gruñó el oso entre dientes, y cada oreja observó—.
¿DICES tú que son agudas? —con burla le preguntó—.
¿Cuán lejos pueden oír? Quisiera saberlo yo.

—Ya verás —dijo el conejo—, mis orejas son la sensación.
Quédate ahí mismo y observa. Te haré una demostración.
Luego las estiró hasta tenerlas paradas
y hacia lo alto del cielo las mantuvo así estiradas.
Luego las extendió bien, lo más abiertas que pudo.
—¡*Schhhh!* Calla, escucho algo —susurró y se detuvo.
Tal esfuerzo hizo al oír, que comenzó a sudar;
sus orejas y su frente se empezaron a mojar.

Quieto estuvo unos siete minutos; finalmente se movió.

Entonces le dijo al oso: —¿Sabes tú lo que oí yo?

Allá, a noventa millas, la montaña, ¿puedes ver?

Pues allí hay un mosquito. ¡Y yo lo escuché toser!

Y la tos de un mosquito es difícil de escuchar

cuando está a noventa millas, mas yo lo pude lograr.

Como ves —dijo el conejo—, y está claro, sí señor,

mis oídos son mejores, es decir, ¡soy el mejor!

Por un momento aquel oso se quedó algo perplejo,

mas sabía que sus orejas no podían oír TAN lejos.

"Este conejo", pensó, *"se ha creído que soy tonto.*

Y le voy a demostrar que yo soy mejor, muy pronto".

—Noto que oyes muy bien —le dijo el oso al conejo—.

Pero a la hora de oler, ¿hueles acaso tan lejos?

Yo tengo muy buen olfato, y mi nariz, ¿ya la viste?

Es la mejor de la tierra y la más fina que existe.

Yo puedo oler cualquier cosa por más lejos que esté.

Puedo oler incluso el doble de lo que oír puede usted.

—¡No puedes! —gritó el conejo.

—¡Sí puedo! —rugió el oso.

Y levantó la nariz, hacia el cielo, vanidoso.

Agitando la nariz, olfateó y olfateó.

Oliendo y resoplando diez minutos pasó.

—Ya olí lejos, ¡muy lejos! —orgulloso exclamó.

—Qué bien —dijo el conejo—. Pues entonces dime ya.
Eso que tú estás oliendo, ¿a qué distancia está?

—Ah —dijo entonces el oso— muy lejos está ese olor,
más allá de la montaña del mosquito tosedor.
Huelo lo que hay más allá de aquellos montes gigantes
y seiscientas millas más, en la orilla de un estanque.

Y aún mucho más allá del estanque que no ves,

hay una granja pequeña, y en la granja hay un ciprés.

Y en el ciprés, una rama. Y en la rama hay un nidito.

Y en ese nido pequeño hay dos pequeños huevitos.

¡Dos huevos de colibrí! ¡De sólo media pulgada!

Mas mi nariz —dijo el oso— está muy bien entrenada.

Mi olfato es tan efectivo que he olido, señor Conejo,

¡que el huevito de la izquierda está ya un poquito viejo!

Y esto es algo que un conejo no puede hacer, no y no.

Como ves —presumió el oso—, ¡aquí el que gana soy yo!

Mi hocico es el más agudo, soy el mejor de los dos.

—¿CÓMO? —abajo, a sus pies, se percibió una voz.
En busca de aquel sonido, el oso junto al conejo,
vieron salir de la tierra un gusanito muy viejo.

—Oigan —les dijo el gusano— basta ya de presumir.

Ambos se creen los mejores y yo sé que no es así.

No son la mitad de buenos de lo que yo puedo ser.

Oyen y huelen bastante, *¿mas cuán lejos pueden VER?*

Yo les voy a mostrar algo, a ustedes tan vanidosos.

Ni sus narices ni sus orejas son mejores que mis ojos.

Entonces el gusanito movió su cabeza a un lado,
y abrió muy bien sus ojitos, de un modo exagerado.
Y observó en la lejanía, con ojos tan penetrantes
que perforaban el aire como dos rayos gigantes.
Los ojos del gusano de sus órbitas salieron.
Y después de media hora, sus párpados ardieron.
—¡Suficiente! —gruñó el oso—.
¡Cuéntanos, cuéntanos ya!
¿Cuán lejos miraste y qué viste por allá?

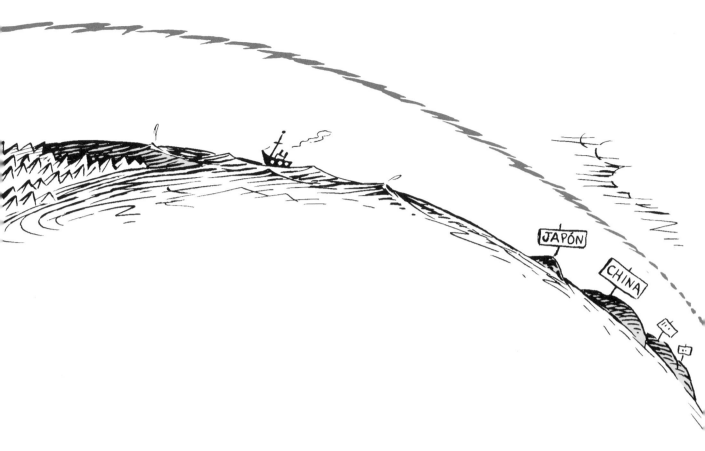

—Chicos —les dijo el gusano—, les diré lo que observé:

¡El vistazo más lejano que hayan visto alguna vez!

Mi vista surcó los mares, fue más allá de Japón.

Veo más lejos que cualquiera, de eso no hay discusión.

No hay quien tenga en este mundo una mirada más fina.

Vi más allá de Japón. Luego vi a través de China.

Mi mirada cruzó Egipto; dio un vistazo en la distancia

a través de dos países: uno Holanda, el otro Francia.

Y vi a través de Inglaterra, y de Brasil además.

Mas no me detuve allí. Vi más lejos, mucho más.

—Y así yo seguí mirando y mirando hasta que
¡le di una vuelta al mundo hasta que aquí regresé!
Y vi en esta colina —mi vista es aguda, insisto—,
¡a los dos mayores tontos que jamás se hayan visto!
¡Y esos tontos no son otros que ustedes, lo sé muy bien,
que además de ser tan tontos pierden el tiempo también
argumentando por gusto quién es mejor que quién!

Y aquel viejo gusanito se dio la vuelta hacia abajo,
se metió en su agujerito y continuó su trabajo.